U0035572

林廣截句

林廣 著

截句

● 小小尺寸。生命的最大版本

4 行詩

如果 相信——

截句 是來自潮汐的 呼喚

請你輕輕, 一起 和聲

用截句
把自己
熱成　貼布。
以免　記
　　　憶再次
　　　走
　　　　失

【截句詩系第二輯總序】
「截句」

李瑞騰

　　上世紀的八十年代之初，我曾經寫過一本《水晶簾捲——絕句精華賞析》，挑選的絕句有七十餘首，注釋加賞析，前面並有一篇導言〈四行的內心世界〉，談絕句的基本構成：形象性、音樂性、意象性；論其四行的內心世界：感性的美之觀照、知性的批評行為。

　　三十餘年後，讀著臺灣詩學季刊社力推的「截句」，不免想起昔日閱讀和注析絕句的往事；重讀那篇導言，覺得二者在詩藝內涵上實有相通之處。但今之「截句」，非古之「截句」（截律之半），而是用其名的一種現代新文類。

　　探討「截句」作為一種文類的名與實，是很有意思的。首先，就其生成而言，「截句」從一首較長的詩中截取數句，通常是四行以內；後來詩人創作「截句」，寫成四行以內，其表現美學正如古之絕句。這等於說，今之「截句」有二種：一是「截」的，二是創作的。但不管如何，二者的篇幅皆短小，即四行以內，句絕而意不絕。

　　說來也是一件大事，去年臺灣詩學季刊社總共出版了13本個人截句詩集，並有一本新加坡卡夫的《截句選讀》、一本白靈編的《臺灣詩學截句選300首》；今年也將出版23本，有幾本華文地區的截句選，如《新華截句選》、《馬華截句選》、《菲華截句選》、《越華截句選》、《緬華截句選》等，另外有卡夫的《截句選讀二》、香港青年學者余境熹的《截竹為筒作笛吹：截句詩「誤讀」》、白靈又編了《魚跳：2018臉書截句300首》等，截句影響的版圖比前一年又拓展了不少。

　　同時，我們將在今年年底與東吳大學中文系合辦

「現代截句詩學研討會」，深化此一文類。如同古之
絕句，截句語近而情遙，極適合今天的網路新媒體，
我們相信會有更多人投身到這個園地來耕耘。

【自序】
關於「截句」的漂流

林廣

　　截句，在詩人白靈與吹鼓吹大力提倡之下，已蔚為風潮，對新詩創作，注入嶄新的動能。如果能把截句練好，等於是打下紮實的基本功。尤其是對意象的捕捉與創發，截句更開啟了最大可能的生命版本。

　　我以行數作為分輯的主要依據。全書共分五輯：從一行到四行，剛好占了四輯；第五輯則挑選幾首截自原詩的截句，作為收卷。這是由短到長的漂流。我一直在思考：除了截句，這本詩集還能用甚麼方式呈現？

　　想了好久，我決定在前三輯（一行到三行），加入「原始創想」和「意象連結」。原始創想，是將自己寫那首截句的初心，如實與讀者分享；意象連結，

主要是把意象由浮現到串連的歷程，記錄下來。我的重點不是放在對詩的解析上，而是透過寫詩的心路，與讀者做深深淺淺的對談。

　　我想告訴讀者：我的詩是怎樣寫出來的，也希望他們能在我的構想與連結中，得到觸發，領會寫詩的訣竅。我用自己寫的一首四行詩〈城市邊陲01〉，簡單加以說明：

　　城市的霓虹習慣裸睡

　　看久了　　夢就會失去平衡

　　蚊帳裡　　失眠變得很輕

　　我把自己輾轉成一首兒歌

原始創想

　　許多生活在都市裡的人，有一個共同的困擾：失

眠。有沒有可能用某種方式去碰觸「失眠」，並且加
以解碼？

意象連結

　　首先我想探索失眠的原因。在城市入夜之後，就
會看到霓虹在閃爍。因此把「霓虹」加進來。但「窗
外閃爍的霓虹／讓我整夜睡不著覺」，即便分行書
寫，也不算詩。於是我藉著「霓虹裸睡」與「夢失去
平衡」，來呈現失眠的心境。

　　我又進一步想：要怎樣才不會失眠？印象最深
刻的是，小時候媽媽在床邊哼著兒歌，哄我入睡。直
接的寫法是：「我哼起了媽媽曾唱過的兒歌／讓自己
慢慢沉入夢鄉」。這樣不是詩，我就加入「蚊帳」、
「失眠」，與「兒歌」連結：「我把自己唱成一首兒
歌／蚊帳裡　失眠變得很輕」。

　　大抵詩已經完成初稿。進一步還要朗讀，聽聽意
象與聲線之間的搭配是否自然。我發現前後兩段，

都是採用「前因／後果」的方式書寫。這樣有點呆版，於是我把第二段因果顛倒，再微調意象，就完成連結。

前三輯都是採用這種方式，四行詩因為篇數太多，只好從略，但單純讀詩也是一種自在的享受，所以我就全數留白。唯有〈城市邊陲〉12首，請葳妮逐一作短評，這是讀者觀點，跟我前三輯所寫的自是不同。此外，我還有個想法：截句應該也能寫成組詩。於是，我用「草帽」寫二行，用「病症」寫三行；覺得效果不錯，在四行截句就寫了不少。其中特別想提的是：以杜甫〈春望〉的詩句為標題的組詩，那是一種嘗試：將古典與現代，用截句綰合。此外我還寫了〈詩的結構式〉，以「起、承、轉、合」作為標題，來探索詩的結構方式。

這本截句是我的第七本詩集，也是最特別的詩集。因為裡頭收納了我近幾來所寫的小詩，這些小詩有個美好的歸宿，要特別感謝白靈老師的鼓勵與邀約。普台高中張文菁老師無私地提供她拍攝的照

片，使得這本截句添增了藝術的彩光；葳妮的短評，
也讓我得以從另個角度去看自己的詩。要感恩的人實
在很多，期盼這本截句的漂流旅程，能引領大家看見
詩的另一片星空。

林廣截句

目　次

輯二｜在二行詩看見天地微光

輯三｜三行詩有夢流浪的腳印

輯四 ┃ 四行是截句最深的指紋

輯五｜截自原詩的另一道閃光

林廣_截句

在一行詩的地平線跳舞

攝影：張文菁

一行是詩

他一直相信只要走到地平線末端跳舞一定能看見單色彩虹

原始創想

　　起初我只是想：能不能寫一行詩來詮釋「一行詩」？所以原題為〈一行詩〉，但蕭蕭兄建議改成「一行是詩」，以免和「一行詩」形式的標誌相混。我覺得很有道理，就改題。

意象連結

　　首先跳出來的意象是「地平線」，接著是「彩虹」。一個直線，一個弧形，要如何連結？直覺浮現

的是「跳舞」，這樣就完成初步的連結：

走到地平線末端跳舞就可能看見單色彩虹

　　藉著地平線表達一行詩的形象，用單色彩虹來表
達一行詩的單純。即使只是平直的一行，有時也能變
成拱形的彩虹。後來修改時，加上主詞「他」，並用
「一直」和「一定」來呼應「一行」，暗示對理想的
執著。

椅子

整座書房只有那張即將回收的椅子木訥地撐開窗簾
　　斜入的暮色

原始創想

　　有張即將回收的椅子，被我閒置於書房窗邊。有天傍晚，我正準備搬走它時，看見夕陽斜揮灑落在它身上，宛如替它送行。它淡定的樣子，彷彿是一個正在沉思的老者。我被這一幕震懾了，原來椅子也是有生命的。

意象連結

首先攤在眼前的意象就是：書房、椅子、暮色。覺得有點單調，又加入了窗簾。用「回收」和「撐開」作為連結，完成初稿：

書房那張即將回收的椅子撐開了窗簾斜入的暮色

後來，將「書房」改為「整座書房」，加強空間的形象；用「木訥地」修飾「撐開」，以強化擬人的效果。我想寫的當然不只是「椅子」，但讓我苦惱的是：最初震懾我的形象：生命即將面臨終結，依然如此淡定在沉思，卻在定稿時消失了。

書架練習曲三首

01擺滿詩集的書架不論從哪個角度看都是孤獨的

02擺滿詩集的書架一剝開就流出甜蜜而孤獨的汁液

03擺滿詩集的書架敞開胸懷以甜蜜而孤獨的汁液哺育
　　失眠的眼睛

原始創想

　　在這世代的華人地區，身為詩人是孤獨的，詩
集是寂寞的。我常去逛書店，整座書店被上架的詩集
並沒有幾本，通常也都擺在冷門的角落。每次都是懷
著同情，買下這些詩集。回家就收藏在書架上，沒多

久，竟擺滿了整個書架。每當我去閱讀時，不知為何，看見那些緊緊挨在一起取暖的詩集，總感覺他們跟我的詩集一樣孤獨。

意象連結

當我想寫書架，腦中第一時間跳出來的是「詩集」與「孤獨」的連結，於是寫了01；我又進一步想：即使書架一如詩集是孤獨的，如果有人去讀它，也會流出甜蜜的汁液吧？因此我又寫了02；接著我又想到：有許多寂寞的夜晚都是依賴書架上的詩集度過，所以我又寫了03。

檳榔

不斷被詛咒依然昂然在詛咒中撐起天空的一行詩

原始創想

　　以前，台灣檳榔曾經風光一時；近年來，由於抵擋不了進口檳榔的衝擊，台灣檳榔迅速萎縮，再加上檳榔往往和口腔疾病連在一起，吃檳榔的人數逐年在下降。其實檳榔的諸般滋味說不清，但它卻伴著台灣走過由農轉工的歲月。那段艱苦的歲月，許多人都是依靠檳榔來提神，養活了家人。現在孤零零的檳榔，再也回不了往日的時光。

意象連結

　　這樣的材料不好寫，因為時代在演進，我再怎麼同情檳榔，其實也沒什麼用。但我始終認為檳榔是無辜的，所以我就從「被詛咒」卻依然不斷向上伸展的角度去構思：

　　　　不斷被詛咒依然昂然撐起天空的一行詩

　　因為感覺它直直生長的樣子，像是個孤獨的詩人，才用「一行詩」作為它的註腳。後來又加入「在詛咒中」。想想看，詩人的命運不也是如此嗎？

魔術詩

一揮手，無數蝴蝶立刻從不存在的夢境，飛起來

原始創想

　　以前曾看過魔術師用幾條手帕就能變出好多鴿子，感覺非常神奇。現代詩人其實跟魔術師一樣神奇，信手拈來，就飛出無數意象，帶領讀者進入未知的天地。

意象連結

　　我首先想到的是諧音，因此我以「魔術詩」為題，點名是用詩來變魔術。但我不想用「鴿子」，因

為體積太大，所以改換成「蝴蝶」。接著，將「蝴
蝶」與「夢境」加以連結，作為全詩的軸心：

　　我用意象變魔術，蝴蝶立刻從夢境飛起來

　　感覺太平淡，「變魔術」也太抽象，於是更換為
具體的動作：「一揮手」，來取代「變」；接著再強
化「蝴蝶」和「夢境」，並將「飛起來」切分，這樣
前後各三個字，前者強調動作，後者強調效果，互相
呼應。

靈感

一隻慵懶到極點的貓突然從無邊黑暗中竄出一道閃光

原始創想

　　寫詩需要靈感，靈感當然不是憑空產生，必須具足某些條件，才會在某個瞬間迸發。「讀詩是等待被詩觸發，寫詩是想要觸發別人。」靈感，有時是在專注閱讀的狀態，被詩的意象所引發；有時是在寫作當下，與人事物的晤對而觸動。但那是一閃而過，極難捕捉的。

意象連結

　　靈感，來無影，去無蹤。我首先聯想到的是
「貓」。我常看見一隻黑貓。白天，牠總是慵懶地在
曬太陽；一到夜裡，牠就悄無聲息地在庭院、圍牆、
屋頂出現。於是我用貓的「慵懶」與「（快速）竄
出」作對比，來寫靈感：

　　　　一隻慵懶的貓突然從黑暗中竄出閃光

　　如此寫「貓」感覺還差一點，先用「慵懶到極
點」加以誇飾，再用「無邊」強化黑暗，這樣才能跟
「一道閃光」，產生強烈的對比。

意象

雨聲拍打失眠的沼澤，尾韻是一隻落單的蟬

原始創想

　　靈感的浮現是無法預期的。有一次半夜似睡似醒之間，幾個意象突然出現在我的腦海。當時，外頭正下著雨，我就窩在棉被裡，憑想像很快完成了一首詩。詩成之後，就安心地睡著了。第二天醒來，雨已經停了。正想拿筆寫下來，發現那首詩已經消逝得無影無蹤。我整個人呆住了。痛徹心肺，欲哭無淚。心裡想的竟然是：「雨怎麼停了？」

意象連結

　　心痛之餘，我突然想到：何不把失聯的意象寫成一行詩？首先我將「雨聲」、「失眠」、「落單的蟬」加以連結：

　　　　雨聲拍打失眠的夜，尾音彷彿落單的蟬

　　但「失眠」與「夜」黏貼太緊，於是用「沼澤」取代「夜」；再將「尾音」改成「尾韻」，「彷彿」改成「是」（明喻變隱喻），加上「一隻」是為了節奏的考量——讀起來較舒緩。這首一行詩很幸運得獎，也算是一種彌補。

風箏

不會斷線卻老是被斷線的回憶，惡名化

原始創想

　　在詩裡常看見「斷線的風箏」，這當然是一個意象，往往象徵斷線的回憶。但我有個專門研究風箏的朋友說：「風箏線是不會斷的」。我不禁思考：意象的創造是否要顧慮到現象的真實？如果風箏果真不會斷線，拿來象徵失落的回憶，妥當嗎？我覺得這是值得思考的一個問題。

意象連結

「斷線」與「回憶」是最初的連結：

回憶不會真的斷線，風箏也不會

但一行詩除了必要，應儘量不要在詩裡出現題目，所以我倒過來寫：

不會斷線卻老是被飄盪的回憶汙名化

我又考慮到兩個問題：一是用「飄盪」與「斷線」連結，適合嗎？二是「汙名化」、「惡名化」，哪個較好？這三個字要斷開嗎？後來乾脆都用「斷線」，反而讓連結更加明顯；將「惡名化」斷開，似乎比較能與「斷」呼應，前後層次也較分明。

傘

沒有雨的日常，我是一尾魚洄游在雨的隙縫

原始創想

　　現在天氣多變，尤其到了夏天，酷熱少雨，但是路上的傘卻不斷在馬路上飄移。一方面遮擋烈陽，一方面預防雷陣雨。這種現象觸發了我寫詩的動機。

意象連結

　　我先找出連結點：「魚」，再用「魚」去串聯「陽光」和「雨絲」。

　　我是一條魚，同時在陽光和雨絲裡，洄游

　　但我又想：這樣寫，只不過表達傘具有遮陽、擋雨的功能。能否換個寫法？於是我先設定時間：「沒有雨的日常」，再用魚「洄游」的意象，來連結：

　　沒有雨的日常，我是一尾魚洄游在雨和陽光的隙縫

　　朗讀時，感覺後半太長，才將陽光刪除，使得「沒有雨」和「雨」產生矛盾的激盪效果。

煙囪

每一則輕煙似的流言蜚語都一一指向我發不出聲音的驚愕

原始創想

　　我是同情煙囪的。早期鄉下到處可見炊煙從煙囪冒出，也能聽見大人呼喚孩子回家吃飯的聲音。那是多麼美好的畫面。可是進入工商業社會，炊煙消失了，取而代之的是工業煙囪排放的煙。煙囪竟成為排放廢氣的指標。煙囪也不想啊！於是我以「煙囪」為主訴者，替它發聲。

意象連結

　　「輕煙」與「流言」是最先想到的連結。接續的意象是「聲帶」，煙囪想為自己辯白，它的聲帶卻發不出聲音：

　　　　每一則輕煙似的流言都指向我發不出喉音的聲帶

　　「流言」似乎單薄些，改為「流言蜚語」；「指向」改為「一一指向」，以拉長句子，凸顯煙囪的形象；「喉音」和「聲帶」語意重疊，改成「發不出聲音的驚愕」。這樣比較貼近我想要表達的意思，然而消失的「聲帶」，卻讓我感到不安。也許將來會再調整吧！

在二行詩看見天地微光

二

攝影：張文菁

冷氣機

熱　逼我溢出冷
衰弱的神經日月都在期盼　冷

原始創想

　　每到夏天，酷熱從四面八方圍剿，冷氣竟成了最後的防護罩。我不禁想到：如果我是冷氣機，面對這樣的酷熱，不斷轉動自己，我的神經會不會急速衰弱？會不會我也需要冷氣來冷卻自己？

意象連結

　　「熱」與「冷」對抗的結果，「神經衰弱」似乎

成了必然的結局。於是我寫下：

　　熱，逼使我不斷從體內溢出冷
　　神經衰弱終將成為我無解的歸處

　　這是我發表的稿子。但我感覺並未碰觸到我想傳
達的那個點，於是加以調整：

　　熱，逼使我不斷從體內溢出冷
　　衰弱變熱的神經一直都在期盼　　冷

　　這樣比較吻合我最初的想法，但句子似乎稍長，
於是又加以刪減。這樣熱與冷的距離拉近，對比效果
似乎好一點，可是第二句的「變熱」拿掉，不知對詩
的完整是否有影響？

髮際二行

落單的白鷺掠過水面驚起了雪
我想此刻妳的髮必然被蠱惑了

原始創想

　　年輕時，因為失戀，愛上寫詩。那時，其實也不
懂詩是怎麼回事，只以為捕捉一些美美的意象，就是
在寫詩了。但是每當想起那段單純的日子，彷彿還握
著那潮濕的美感。這首二行詩，也許就是寫給當年的
自己吧。

意象連結

　　一隻落單的白鷺掠過

　　有些聲音　在風裡傾斜了

　　這是高中階段，唯一留下的詩。我還記得那節是
國文課，老師正在講解東坡〈後赤壁賦〉，道士和白
鶴之間的關係。昏昏沉沉之際，白鶴竟化為白鷺，拍
出了二行詩。在「落單」裡，隱藏的是一段還沒開始
就落幕的單戀。她秀氣的瀏海，不時飄進我生澀的詩
句裡。如今回想，竟宛若前塵了。

　　「驚起了雪」，是對愛情美麗的憧憬所引起的騷
動。比對兩首詩，突然感應了一種哀傷：被蠱惑的或
許不是伊人的髮，而是我迷惘的眼神。

酒窩

意象藏在妳的酒窩
漣漪了我從未抵達的愛情

原始創想

　　走過年輕時代愛情的風風雨雨，有些漂浮的影像
反射的竟是青春的餘光。那女孩的酒窩，曾經是日記
最鮮明的一頁摺角。如今，竟也在歲月裡模糊了；唯
一的印象，只是酒窩漾開的微微漣漪。

意象連結

　　「酒窩」是主題意象，我想將它跟「漣漪」、

「愛情」連結：

　　妳的酒窩泛開漣漪
　　迷濛了我從未抵達的愛情

　　雖然有寫出那種感覺，但是「酒窩」、「漣漪」、「迷濛」的銜接太緊密，我就以轉換詞性的方式，讓「漣漪」直接和「酒窩」、「愛情」扣連起來。這樣首句的「意象」，就能和收尾的「愛情」呼應，並且拓寬了詩的聯想空間。

第二月台

沒有月亮的月台其實不適合別離
平行鐵軌總將夢送到不同的天涯

原始創想

　　別離，是寫詩很重要的題材。印象中最深刻的別
離是在第二月台，但我不想再追溯那段過去。那天搭
快車離開時，已經入夜了，卻一直沒有看見月亮。我
心裡不禁浮現一個意念：沒有月亮的月台，可能不適
合別離。或許，這就是我這首二行詩創作的原型。

意象連結

　　除了「月亮」和「月台」，我也想到「鐵軌」、「天涯」、「海角」等。我希望將這兩行排成「平行鐵軌」的樣子，這樣應該更能傳達別離的傷痛。有些別離帶著渴望重聚的幸福感，有些別離卻是永遠的分隔，連彌補也沒機會。所以我才用「不同的天涯」來收結。

詩的美學

他偷偷用陌生化偽裝新潮
任由　來回搖盪的波紋　誤讀

原始創想

　　不知何時，「陌生化」開始潛入網路，在很多理論和詩作顯影現跡。有的甚至刻意使用非常罕用的詞語或奇怪的句式，企圖製造「陌生化」的效果。這是嚴重誤解「陌生化」的意思，我才以「詩的美學」為題，來反映這種現象。

意象連結

　　「陌生化」和「新潮」是最早浮現的意象,用「偽裝」就能連結。我考慮要如何延伸,才不會落於俗套,後來我決定從讀者角度去看,就選了「波紋」的來回蕩漾,點出各種「誤讀」的情形。起先我是寫:「任由來回的波紋誤讀」,感覺還沒抓到我想要的,就加入「搖盪」,並將句子拆分,以形成斷裂或蕩漾的效果。

貝殼

世界遺忘你
我用整座海洋波浪喚醒你

原始創想

　　有一次到南部海岸，在沙灘上撿到一枚貝殼。
她的花紋如此細緻，造型如此獨特，簡直像彎彎的月
牙。然而她的美，還是被遺忘了。我輕輕撫摸她肌膚
的紋路，指尖彷彿在呼應她的孤獨。於是決定為她寫
一首詩。

意象連結

　　我在那枚貝殼看見的，其實不只是貝殼。有許許多多的詩，許許多多的人，跟那枚貝殼一樣，被遺忘在某個角落，等待被喚醒。「遺忘」與「喚醒」，就成了「世界」與「貝殼」的簡單連結。我曾經幾度修改，甚至連題目都改成「詩的召喚」，後來還是決定還她單純的面貌。

巷弄

在時間的纖維裡擱淺
等待覓尋回憶的鞋印划進來

原始創想

　　不只一次，回到舊家，每每經過那些老去的巷
弄，內心總會被什麼觸動。我不只一次，提筆想寫，
當文字爬行到巷口時，就突然靜止不動了。為什麼我
進不去？莫非我已經失去往昔在巷弄來回穿梭的心
境？或是它在等我像鮭魚一樣逆流回歸？

意象連結

　　首先想到的當然是「擱淺」，加上時間、鞋印、記憶，勉強勾勒出粗略的輪廓：

　　　　我的鞋印在時間裡擱淺了
　　　　許多被遺忘的記憶都回不了家

　　我又想：能否用更具體的方式來詮釋時間？對我來說，時間是有纖維的，也許我的巷弄就在纖維裡擱淺了，也許它是在等待我的「鞋印」，划進來。

天橋

生來就註定懸空　不能飛
適宜測量各種故事上上下下的震幅

原始創想

　　看見天橋為了某些原因不斷被拆掉，一直想替天橋寫一首詩。記得大學時代，從學校到對面商店街就橫著一座天橋。我喜歡慢慢走上天橋，假裝自己是魚，正拍著尾鰭，慢慢游向對岸。因為視野改變，喧囂與寧靜竟然同生共存。

意象連結

起初迸出來的意象是喧囂與寧靜：

在喧囂中潛藏幾千呎深的寧靜
在寧靜中埋伏幾千呎深的喧囂

企圖藉著對比呈現天橋兩種不同的面向。然而單純的對比，似乎無法寫出我的心情。就以介入的方式來寫：

懸空　是為了傾聽
各種腳步無聲的喧囂

後來又改易了幾次，才擬定現在的版本，跟原稿相比，已是截然不同的詩了。

枯井

把自己喊成回聲再將回聲搓成繩索
打撈月光婉約的影子

原始創想

　　舊家有一口井，是小孩子經常嬉戲的地方。我們
喜歡在那裡邊玩邊叫，有時也玩捉迷藏，捉啊捉，大
家都不知躲到哪兒去了。現在城市裡很少看見井，也
無法再領略月正當中，大人將井蓋掀開讓我們欣賞明
晃晃月影的滋味。

意象連結

　　記憶再怎麼美好，一旦遠去，就會慢慢變成回聲。因此，回聲、井繩、月光，成了最初的連結：

　　　　把自己喊成回聲搓成井繩
　　　　月光呢月光只剩婉約的影子了

　　我喜歡「把自己喊成回聲」的隱約召喚，「搓成井繩」本是為了汲取「月光」，可是井裡的月光到哪裡去了呢？原稿和修正稿之間，我一直在猶豫哪個做為定稿才好。

蛋殼

剝開的蛋殼

無法誕生飛翔的翅膀

原始創想

　　在漫長教書生涯中，深深體會到「考試領導教學」的可怕。許多學生學習國文的目的，只是想在考試拿高分。老師也不斷給學生測驗，用「標準答案」框住學生的思考。那些學生就像一顆蛋，尚未被孵化，已經被人從外部剝開了。喪失飛翔能力，成了唯一的結局。

意象連結

　　孩子語文能力的培養，絕非通過不斷的測驗即能獲得。必須讓孩子學習獨立思考、判斷，養成主動閱讀的習慣，這樣才能從內部啄出具有飛翔能力的肉軀。因此我才會用「蛋殼」與「翅膀」的連結，來表達沉痛的心情。原本是一行詩，後來還是決定改成二行詩，在「剝開」和「無法誕生」的對照下，或許更能凸顯主題吧。

〔組詩〕關於草帽

1 紙飛機

摺起紙飛機用力擲向童年
消失的笑聲隨著草帽旋了回來

2 愛情

如果愛毫無預警
草帽會說：天黑了，星星亮了

3 預言

你相信預言嗎
我的草帽絲絲縷縷都隱藏這個消息

4 回音

當你不再懷疑時間的回音
草帽不必鑲上邊框就能載你飛翔

5 祕密

告訴你寫詩的祕密
你必須有夠貼心的草帽好隱藏你的祕密

6 時間

時間的步伐真的可以計量嗎
草帽笑一笑突然化成一群聒噪的烏鴉

7 謎底

用數學魔術思索人生種種
草帽不斷暗示我謎底卻忘了我正在跳舞

原始創想

　　在《海賊王》裡，「One Piece」是一個神祕的航道，可以帶你找到神奇的寶藏。主角魯夫的「草帽」，已經成了他追求夢想的精神依靠。我最初就是看了卡通，對那頂草帽留下深刻的印象，才寫下〈關於草帽〉18首，在此節選其中7首。

意象連結

　　我自己滿喜歡這組詩的。寫的時候，並沒有想太多；只是以「草帽」為軸心，讓想像隨意旋轉、飛騰。鬆鬆的語言，輕快的調子，意象的連結如潮汐自動起落，不到兩小時，就寫了18首。這是我寫詩那麼多年，感覺寫得最輕鬆、愜意的一首組曲。

三行詩有夢流浪的腳印

攝影：張文菁

面壁

他的額際　始終空著
等待　第一滴　禪
拍出　水聲

原始創想

　　無意間，在網路看到達摩祖師面壁的圖像。上百
張圖有個共同的特徵：祖師的額頭是空的，沒有任何
髮。我就是由這裡切入聯想：額際的「空」，亦含有
萬法（髮）皆空的意味。如果在巖洞裡面壁的是我，
是否也能保持「空」的狀態，體驗到禪定的境界？

意象連結

　　這一首從額際的「空」介入，再引出「禪」與「水聲」，傳達內心的感悟。「第一滴　禪」，是初初感到「禪」的沉靜，而在那瞬間，內心彷彿也「拍出　水聲」來呼應。「禪」本無相，用「滴」來形容，除了暗示初體驗，也是想化抽象為具體，賦予「禪」某種形象。若是將二、三行合看，就變成：「等待拍出／第一滴水聲／禪」，這就是空白格的作用。

窗邊老婦

她的表情滿是皺紋
老伴身影已被鱗片帶走
街道在出神瞬間定格了透明的從前

原始創想

　　看到一張照片：一個老婦坐在窗邊，愣愣地望著街道。她的眼神如此哀戚，側影如此孤獨。拍照片的朋友告訴我，她的老伴火化之後，她將骨灰撒在老伴生前最喜愛的溪流。這時我才明白，原來她眼瞳裡的街道是從前的影像。她大概還在等待老伴從街道另一頭走來吧？

意象連結

　　我是看著照片寫詩的。我想從「時間」切入，再延伸到她老伴的「身影」，最後回歸眼前的「街道」：

　　　　時間的摺痕無法還原
　　　　模糊身影也不會再回來
　　　　街道在她出神瞬間猛然逆向流動起來

　　當我寫好詩，再度端詳照片時，突然被她的表情爬滿的皺紋震懾了。於是我改變切入點，重寫了這首詩。

雙人床

一張床
切割成兩艘船
航向不同的夢境

原始創想

　　現代社會人際關係的疏離已經愈來愈嚴重。我曾在咖啡店裡看見有些情侶，雖然面對面坐著，卻很少交談，只是微低著頭在滑手機。我想即使是夫妻，同床異夢的現象，應該愈來愈多吧？

林廣截句

意象連結

　　首先我想到的是「床」與「船」的連結。本來是親密共處的「一張床」，由於各種原因被「切割成兩艘船」。這「船」，可實解，亦可虛解。從延伸意象：「航向不同的夢境」，就能體會現今人際關係是如何疏離！

垂釣

我用不存在的釣鉤
試圖釣起一雙靜止的翅膀
無懈可擊的空虛

原始創想

　　曾在山上，看見一隻盤旋的鷹。那裡有一座小
湖，鷹的影子並沒有落在湖上，我卻想像倒影應該是
靜止的。天空的鷹和湖裡的影，雖有實虛之分，卻都
能觸動我的思緒。現在想來，當年或許我是把鷹當作
詩人，把影當作詩，才遲遲不肯離去吧？

意象連結

　　我最先觸及的意象是：釣鉤、鷹、翅膀、倒影。
起初寫了四行〈另類垂釣〉：

　　　　我用不存在的釣鉤
　　　　試圖釣起一隻鷹靜止的翅膀
　　　　影子和湖的漣漪
　　　　連成了無懈可擊的空虛

　　後來我將「鷹」隱藏起來，只寫「靜止的翅
膀」，這樣聯想空間可能大一些。第三行影和湖的連
結，似乎沒有必要，乾脆刪去，讓「無懈可擊的空
虛」直接與「釣」扣連。

流浪狗

為了避免被套牢、酷虐
小心翼翼閃過一道道詭譎的眼神
卻依然逃不過影子的追殺

原始創想

　　流浪狗的命運，有時可看出社會發展的態勢。我
想牠們應該知道自己處境的險惡吧？但牠們無法像人
類一樣，用各種方式趨吉避凶。只能不斷的逃避，但
不管怎麼逃，也逃不過如影隨形的命運網羅。某些邊
緣人，不也跟流浪狗類似？

意象連結

　　因為要傳達流浪狗所面對的殘酷命運，首先浮現的是：套牢、虐待、奔逃等意象。我直接化身為流浪狗，以「逃」作為核心動作。第二句「小心翼翼閃過」，看似逃離了；追躡而來的陰影，卻怎麼也逃不過了。我沒有寫「陰影」，卻寫「影子」，就是想將「影隨形」的驚恐強調出來。

躲貓貓

所有的櫃子都將我驅逐
出境。我要在哪裡躲貓貓
才能讓你逐字逐句找到我

原始創想

　　「躲貓貓」是小孩子的遊戲，單純、好玩，又有
意思。但是到了某個年紀，突然你被排除在外；你也
可能沒有真正離開它，因為它會用另一種樣子出現。
賴鈺婷〈捉迷藏〉有一句讓我印象非常深刻：「躲的
意義，最終是為了被找到。」不管什麼樣的躲貓貓，
每個人最害怕的就是躲得太隱密而被遺忘了。

意象連結

　　提到躲貓貓，當然「櫃子」是少不了的。但我不是躲入櫃子，而是被櫃子驅逐出境。原稿本來有四句，第一句提到三合院，最近重讀時，覺得沒必要就刪去。我刻意將「驅逐／出境」拆開，這樣「驅逐」歸首句，而「出境」就能領起二、三句。選擇「逐字逐句」，自然是暗示寫詩。對一個詩人來說，不管他寫得再怎麼隱晦、曲折，最終也是想被發現吧？

返鄉

陷於返鄉車陣中
思念反覆磨出另一種清醒
靜待水聲　突圍

原始創想

　　每逢連假返鄉，總會遇到塞車。陷在車陣裡，彷
彿聽見遙遠濁水溪的嗚咽，感覺對家鄉的「思念」反
而洶湧起來。

意象連結

　　「思念」是抽象的，必須有所寄託，因此我選擇

「突圍」作為主要意象。但原稿是跟濁水溪連結的：

> 陷於返鄉車陣中
> 思念靜默如蘆葦
> 輕輕搖響濁水溪的嗚咽

　　雖然「搖響」也是動詞，但連結到「濁水溪」，就脫離了現場，進入想像。後來我決定放棄這連結，直接用「等待／突圍」，來呼應眼前的困境與渴望返鄉的心情：「陷於返鄉車陣中／所有的思念都在靜默等待／突圍」。

　　最終為了凸顯「思念」和「突圍」，就以「磨」帶出「清醒」，以「（家鄉）水」來強化「突圍」，抒發返鄉被困的心情。

小陽台

對面大樓有人晾著心事
濕漉漉的　正好跟我日思夜想的
紛雜意象　相互呼應

原始創想

　　有一次到外地演講，住在朋友家。夜裡從七樓看出去，對面小陽台，剛好有人在晾衣服。她的動作好慢好慢，衣服顯然沒有脫水，在燈下映著潮濕的反光。我突然想把自己最近寫的詩，一張一張晾起來，好呼應她潮濕而模糊的輪廓。

意象連結

　　這首詩，我只想抓「晾」去書寫。有人藉著晾衣
服，來晾心事；有人則透過晾意象，來晾心情。「濕
漉漉」、「紛雜」，是衣服與意象的共通點，同時也
被「心事」挽著。但我一直認為這三句黏得太緊，跟
我想表達的似乎隔了一層。等來日再做調整吧！

孤獨

攪拌空無一物的咖啡杯
等待　某個寓言或者預言
從泡沫中緩緩　升起

原始創想

　　曾在街角咖啡店裡，看見一個年輕人坐在窗邊，
好像在等人。他的咖啡已經喝完了，卻還不斷用湯匙
攪拌著咖啡杯。他在等待什麼呢？一再落空的凝視，
讓我感應到他透明的孤單。

意象連結

　　空無一物的「咖啡杯」，是我從年輕人身旁經過時所見到的。或許他知道，等待註定落空了，才不斷攪拌著空杯吧？這時莫名的，「寓言」（或者預言）的意象竟清晰浮現，在看不見的隱形「泡沫」裡。

車票

一枚小小符咒

退倒　斷不　事往　讓

成為風景

原始創想

　　我喜愛旅行，尤其是搭火車旅行。慢車是我的最愛，在慢板的節奏中，更能感覺自己正與窗外風景、車廂旅客產生連結。早年為了蒐集車票，就一站一站的買票搭車。彷彿在每張車票裡都留住了我的一段時光，因此總喜歡稱它為「小小符咒」。

意象連結

　　為車票寫一首詩，「小小符咒」當然是首先入鏡的意象。既然是符咒，自然會有法力，於是我讓第二句「倒退攄」（台語），再順接第三句。這個小小的變化，讓簡單的詩多了一點趣味，也滿足了童稚的好奇與想像。

月亮

背對月亮

她手裡拿著圓圓的鏡子　看

受潮的自己很慢，很慢融解了月光

原始創想

　　溫飛卿〈菩薩蠻〉，「照花前後鏡，花面交相映。新貼繡羅襦，雙雙金鷓鴣」，寫的是女子晨起照鏡，簪花與容顏相映，可是良人遠行，弄妝又給誰看呢？那成雙的鷓鴣圖案，正是觸發她相思的關鍵。我因而想到：這是白天，那夜晚呢？她又如何面對？

意象連結

　　我設想的情境，有月亮、圓鏡和女子。選擇「背對月亮」的意象，是用背光暗示感情的失落；「手拿圓鏡」，本是握著圓滿，偏偏良人不在，幸福也有了殘缺。背對月亮，圓鏡才會映現月光，因此我用「受潮」與「融解」，來寫那女子此際的心情。

失夢之城

如果你以率真為鋤
想鑿開城市的心
岩漿會把你的眼睛，燙傷

原始創想

　　我早期的詩，懷鄉占了很重的比例。後來在都市
生活久了，取材也漸漸轉向。雖然往工商業發展是時
代的趨勢，但我總感覺許多城市都缺少溫度，在現實
傾軋之下，機心與利害漸漸取代了包容與真誠。多麼
希望暖暖人情味，能在我們的城市甦醒。

意象連結

　　「失夢之城」，我最先想到的是：如果城市也有心，將她鑿開，會看見什麼？於是我以「鑿開」為核心，連結「率真」與「岩漿」：

　　　我以率真為鋤
　　　鑿開城市的心
　　　岩漿燙傷了我的眼睛

　　我後來轉念：改成第二人稱，會不會好一點？為了不要寫得太死，就在首句加上「如果」，次句加「想」，並改變第三句動詞「燙傷」的位置，好呼應「失夢」。

憧憬

星光尚未抵達之前
我們合掛為一幅曠野
螢火蟲有流浪的腳印子

原始創想

聽說某個山莊成功復育螢火蟲,我就辦了班遊,帶學生去看。那天傍晚,大夥兒在空曠的原野盡情嬉戲。等夜色籠罩四野,我們小心翼翼進入復育區。哪想到螢火蟲成群飛舞的畫面並未出現,正感到沮喪,突然有學生喊道:「這裡,有兩隻!」接著,大家紛紛在不同地方發現點點發光的尾韻閃過。我心裡驀然得到紓解:不必很多流螢,也能滿足童稚的憧憬。

意象連結

　　後來我發現，真正難以忘懷的其實不是螢火蟲，
而是跟學生共處的時光。所以我並沒有把重心落在
螢火蟲，而是用「星光」與「曠野」這兩個意象，點
染那美好時光。至於「螢火蟲」，就以「流浪的腳印
子」作為註腳。如今想來，那些學生何嘗不是點點螢
光，帶給我生命豐盈的喜悅。

思念成癖

他漸漸明白
並非月亮在他窗前裸睡
失眠才遲遲不肯起錨

原始創想

　　如果思念成了一種癖，生活不知會變成什麼樣子？

意象連結

　　思念成了一種癖，我首先想到的是「失眠」，
但要用什麼意象來表達這樣的癖？我想到「月亮」。
月亮，可以很單純，也可以是象徵，尤其是在「窗前

裸睡的月亮」。然後，我又為失眠找到「起錨」的意
象，作為月亮與失眠之間的連結。或許有人會認為這
樣的連結太簡單，我倒認為愈簡單愈能把「癖」傳達
出來。

三角點

我被時間折彎為迷宮
因為迷信不存在的三角點
反過來把時間疊成海市蜃樓

原始創想

　　三角點為繪製地形圖的三角測量基準點，一般多
設置於峰頂。寫詩，對我來說，就是不斷去找尋屬於
自己的「三角點」，以獨特的視野來俯瞰人生風景。
雖然我能力有限，無法找到那樣的點，但我從未放棄
對「三角點」的執著與追尋。

意象連結

「三角點」，是我想追求某種巔峰。如果真的有三個點，可以構成這「三角點」，想必是才華、悟性與苦練吧。三者之中，我勉強有一項——苦練。其他兩點，縱然有，也很稀微。於是我反其道，找出讓我無法登頂的三個點：時間、迷宮、海市蜃樓。如果走出時間所設的迷宮，發現自己擁有的只是海市蜃樓，那也是另一種風景吧？

〔組詩〕病症六帖

1 乾眼症

乾燥緩緩爬上眼睛

我漸漸變得畏光

酸澀，縮限了世界

2 偏頭痛

無關用腦過度或失眠

長期的偏執只能招引噪音喻鳴

游離的痛。永遠無解

3 胃潰瘍

外表看不出缺陷
嗔忿激盪胃酸，憂鬱凸顯脹氣
滿腹不平是最難療癒的痼疾

4 口臭

當口臭成為流行的症狀
空氣中謊言與謊言互相碰撞
新的病媒堂堂皇皇形成蔓燒的虛火

5 五十肩＋電腦肘

長期壓力凝聚於一點
習慣滑鼠的手一旦落空
痛，就從一點，散開

6 癢

皮膚乾燥引發的癢有其季節性
內心蠢蠢欲動的癢最難遏止
潛伏再久，也會突然響起蟬鳴

原始創想

　　在文明社會，免不了就會有文明病；既是文明病，就得徹底了解病徵，才能對症下藥。本來我想從眼耳鼻舌身意六根，應對色聲香味觸法六塵，寫一組詩；可惜功力不夠，只好另選六種我比較熟悉的病來寫。雖然有點遺憾，但也不想太過勉強。

意象連結

　　乾眼症：乾燥→畏光→縮限，裡頭隱藏的文明病是3D產品的藍光。（本來手機、電腦是要打開視野，

反而限縮了世界）。

　　胃潰瘍：成因相當複雜，裡頭潛藏著對現實社會的嗔忿、憂鬱與滿腹不平。

　　癢：看似沒什麼，癢起來卻受不了。皮膚乾燥的「癢」，還容易治療；內心蠢蠢欲動的「癢」，就無藥可治了。現實誘因太多太強，能完全拒絕「癢」的人，應該是少之又少吧。

　　我舉了三個病症來說明，其他三個就由讀者自行找出連結。

四行是截句最深的指紋

攝影：張文菁

換季

夢一直掛在衣架上
等著。我把它取下來

衣架一直掛在夢裡
等著。母親把它收起來

影子

我始終不敢回想
母親瘦得像煙一般的影子

深怕　一伸手
她就會從我的擁抱消失

意外發現

家鄉的山
失去原有的線條

濁水溪有一聲沒一聲
迴盪：已讀

五月雪

五月雪在許許多多詩裡下著
臉書鋪了一層又一層

沒有人見過的——潔白的死
那舞。蟬每讀一回心碎一次

盆栽仙人掌

每天的早晚課都在學習遺忘
學習縮小自己身軀迸出的刺

接納整座城市的塵埃
成了返家的另類儀式

凋

對著一朵枯萎的玫瑰
她一直在想：要先撕哪一瓣

淒絕的哭　才不會
一瓣　一瓣　剝開自己

飛鳥

把手臂伸到極限。那一瞬
我看見靈感啄穿胸膛化成鳥

在分不出象限的空間穿梭
我不該詢問她的去向嗎

小飛蛾

她停在螢幕窺探　我未完成的詩
鍵盤空空洞洞的敲打滑過她毫無設防的肚腹

她一定是被我遺忘的鯨魚
徹夜不眠陪我守著一片空白的海洋

洄游的魚

江湖　其實沒那麼大
貝殼　沒想像那麼美

許多有形無形的柵欄
讓魚兒一直回不了家

蠶

把自己啃到天荒地老
赫然驚覺

這輩子都在為別人
作嫁衣

不是蠶

不是蠶。卻固執地用三千條絲
密密將自己包裹起來

以為很安全。從未想過胸腔
還深藏另一種遇熱就叫響的聲音

蠶與蟬

ㄘ，不須卷舌。只能臥為蠶
ㄔ，必須卷舌。可以飛出蟬

如此歧異的命格竟然
由不同發音部位決定

夾腳拖

臉上刺青，掉了
腳底歲月，磨平了

硬化的身軀仍拚命想跟上流行
心肌梗塞。猝死

髮夾

漸漸，咬不住
青春的荒蕪（就算鯊魚夾）

終於，夾不住遠方海洋
美麗的波浪

難民潮

飢餓從來不是遊戲

鐵絲網從來刺不穿眼神

時間驅策我們記住

幸與不幸其實都是同一種語言

冬季城市

他想用脫水機再濾乾
靈魂的疲憊

她想用熨斗深深壓密
冷卻的寂寞

投稿

他把自己熱切地傳送出去
他再把自己更熱切地傳送

遙遠山崖總如約熱切回聲
大作不適合本刊如有更好作品請不吝………

詩和魚群

詩是沉積岩
適合積蓄青苔的哀傷

不知情的魚群總是歡快地擦過
一個一個　背光的詩體

臉書

大迷宮裡有小迷宮裡還有小小迷宮
世界被蠱惑成小酒窩我迷路成一尾魚

僵硬的脊椎終究挺不起夜色
從鈣化的後現代偷偷鑽出芽來

汨羅

想著。這是端午
魚群在來回啃食我早已透明的肋骨

想著。溫習死亡
用怎樣的詩句最適合這世代的脾胃

詩是新芽

受潮的空虛種植不易
卻能　讓夢生出新芽
讓疲憊的靈魂在文字指壓中
得到深層的紓解

旋轉門

有人進入，也有人離開
一道旋轉的玻璃
隔開了幾世輪迴
認不出昨天真正的影像

畫皮

她把自己攤開、彩繪
青春似乎停止流動
照著鏡子。她心滿意足
把自己收入小小的盒子

垃圾車

少女的祈禱跟著
垃圾車走遍大街小巷
被各種見不得光的破敗慾望
淹沒她若斷似續的禱詞

小丑

不斷用手掌輕按看不見的玻璃門

沒有觀眾　一個失神雙手竟伸出界外

時間在另一端　卡住　他僵硬的驚愕

輕輕彈掉臉上畫的那滴黑色的淚

現代七夕

不在乎輕羅小扇與飛舞流螢
一對對走向不同方位的
情人。牽著手去找自己的寶可夢
沒有人抬頭看一眼鵲橋出現了沒

輪迴

再度墮入紅塵　癡情
化成幾聲喵嗚　喵嗚
飲盡忘情水又如何
那道尾巴讓黑夜一直緊貼不去

意象之死

他擔憂有人看到自己破碎不堪
詩句。無法散發奪目的光
才用蟬聲熱熱掩飾冷
再用雪花冷冷覆蓋熱

靈感失聯了

陷入意象的循環
繞不出來。（怎麼繞不出來？）
唉。我受傷的羽翼再也無法
預約。冬季

城市回聲

城市的每一腳步都有

隱約的回聲

因誤讀而變得喑啞

再從喑啞變成噪音

遙控器

我的遙控器一定壞了
轉來轉去。幾乎每一台都在
下冰雹。而且不讓
我的眼睛，關機

床前燈

睡著的床前燈晾著
憂鬱，潛藏於夢的夾層
被輾轉碾出
半清醒的月光

位置

我們在鐘響時換了位置
一如蘆荻和紅蜻蜓
在雷雨前納悶地猜測
會不會離開彼此耽溺的倒影

故鄉

故鄉，抗議似的

不斷後退，再後退

縮小的倒影像是透明的光點

偶爾會將我的夢魘，驚醒

斑鳩

一隻迷路的斑鳩不知何時，被藏入雲端
偶爾她會來啄啄我斑斑的記憶
在書桌邊界，靜靜躺臥
假裝絕版詩集像片羽毛正緩緩溢出芳香

唱片

早該習慣冷
天生圓臉卻總習慣熱
年輪靜止
仍不斷想。飛出蝴蝶

原點（0）

疲憊走回原點
時間與空間垂直，從身上穿過
瞬間，另一軸緩緩隆起
讓0，開始發光

地平線

自從地平線橫死在荒野

再無人拿尺規計算

遠近、長短與虛實種種

以為那是暴露的骨頭髮出的微微磷光

對鏡

鏡子是個慈祥的分析師
精準繪製我日線月線年線的悲喜
同時他是詐欺師從來不讓我知道
困惑　一直站在時光的反面

曠野

你從我的曠野取走所有聲音
不用任何儀式
也不管少了音聲作肋骨
我還能不能　活下去

迴紋針

一枚迂迴的心事
不知彎繞過多少山路
那樣的蜿蜒也是一種坦然
將透明哀傷如實向我攤開

另類回文

窗口，常常懸掛陽光和雨
悲歡離合就容易被思念攪拌

陽光和雨常常懸掛成窗口
思念就容易被悲歡離合攪拌

背光

在狹仄的單人空間
愛情　只適宜晾在陽台
因為長期背光　也不易
曬乾

夢遊者

入夜。我就在很多詩裡行走
詩也在我的髮際眼睛臉頰耳朵嘴巴
行走。我看見意象正在玩手遊
意象也看見我用影子在打水漂

電玩

我的思想永遠趕不上
你讓傷口結痂的速度

窩在你的繭中
世界，已懶得成長

沙漏

妳閉上眼。我剛好睜開眼
感情的沙由我這向妳慢慢洩漏
妳睜開眼。我趕緊閉上眼
想像我們的方位始終是相反的

劍

總有人以為我是
清醒的鋼。以火紋身
不懼任何鬼祟
沒人知道生來我就熱愛自閉

保護色

我們的愛不須保護色
我還是塗上深色口紅

即使沒有網路你也能輕易辨識
尚未掉色前　吻的來去

算命

你的盲瞳　握著
我的曖昧　掌紋
緩緩隆起
黑白分明的山水

算命師

許多命運流入我的盲瞳

千絲萬縷的糾葛

千山萬徑的風波

沒有一個死結能把我　解開

野薑花（台語詩）

伊的清芳
無論日時、暗暝
攏對我的心內，輕輕
膨出來

荷的心事（台語詩）

汝毋捌注意我的清芳

所有的光線佮烏影攏佇模仿

汝　愈行愈近的

跤步聲

〔組詩〕楊柳（一題三式）

甲、順敘法

昔：我往矣。楊柳拂過我渴望的眼眸
　　永恆竊取愛情的光假裝春天來了
今：我來思。雨雪的暴猛遠超乎預期
　　愛情縮成版畫我縮成框外的蝶翼

乙、倒敘法

今：我來。以為春天依依在眉睫走著
　　霏霏的雪不說甚麼就淹沒我的湖

昔：我往。每道紋路都棲息妳的顫慄
　　我是死了也要進入你畫裡的楊柳

丙、超現實

他以月光為匕首，割開
血管洶湧的江流
乾涸的楊柳橫在空無一人的廣場
默默等待一場雨雪再度飛越他的夢境

回聲三曲

1

他把自己喊成　回聲
來回　碰撞自己
像一枝無須思考的蘆葦
無比清醒地搖出荒野的荒與野

2

來回放映　過期的預告片
精彩的剪輯逐漸發霉　腐臭
他還是準時去點閱所有
醒來卻又消失的　聲音

林廣截句

3

他讓回聲把自己

喊回來　從過去的峭壁

到現實的懸崖　唯有少年的憧憬

依稀閃著還在發光的青春痘

臉書三曲

1 臉

臉書的臉其實看不到
可每回在閒晃覽文時
總有數不清的眼睛把我重重圍住
喊道：給我臉！給我臉！

2 書

臉書的書也算是虛擬
幾天累積的厚度已超越任何實體
我老花的視網膜因長期耽溺
一群飛蚊就理直氣壯佔據了我的領空

3 讚

有時不免會想：如何來說讚？
漂流木？魚的浮屍？模稜的光點？
也許，散飛的蒲公英更貼切
滿天都是，卻看不清真實的面貌

手機三曲

1 甘心被禁錮的靈魂

我是甘心被禁錮的靈魂
沒有任何咒語能解除如此強大的封印
只能任由靈魂沉淪
那片日益荒蕪的天地

2 光與影的遊戲

臉書光與影的遊戲
或顯或藏　意象了心事
各種陳舊與新奇的表情
組成了令人安心的海市蜃樓

3 所有的苦難都是虛擬的

不管走到哪裡
寶可夢隨時會跳出來
抓住我的靈魂　安慰我：
所有的苦難都是虛擬的

流浪漢三曲

1 長條椅

他一直想把自己懸掛起來
在公園的長條椅上
朝曦薄薄的光
卻怎麼也曬不乾他蜷縮的影子

2 地下道

白天有時他會幸運地撿到
別人丟棄的香菸
在隧道裡燃燒一圈又一圈
吞吞吐吐的耳語

3 騎樓

他用回收的寶特瓶、保力達P等等
把自己圍起來。只露出豹子般的眼
夜夜在城市逡巡、沉思、嘆息
卻始終沒發現騎樓從未有一盞燈為他亮著

關於詩

1 讀詩

我的心原本一片雪白
讀詩。心便折起一道細痕
抽出細芽，向著
有韻的地方延伸

2 寫詩

坐在夢的邊緣
等待靈感慢慢浮起來
像一朵蓮花用根莖去感知水流
芬芳慢慢凝成一節一節藕

3 臉書

一群海鷗總是用詩把自己的臉
跟海的波動連結起來
等待漂流的音符
將他們帶去無法到達的遠方

戲為六截句

1 鏡子是狡猾的電子看板

完全不講任何邏輯
今天與昨天以同樣方式在跑動

忽然　發現　鏡子　對面
自己　莫名其妙被馬賽克

2 電動刮鬍刀

只要有甚麼荒蕪了
刮鬍刀就蠢蠢　欲動

我刻意冷落
直到連靈感也荒蕪了

3 稿紙的身世

鍾愛到冷落
是社會人情的切割線

像蛋塔一樣
但有人愛過就算好事

4 紙筆墨硯

墨　已經離家很久很久了
硯　成人世界大多用不著

紙　不斷張開空洞來示威
筆　常常忘了自己的位置

5 抽取式衛生紙

有些人不斷被抽取之後
可能慢慢忘掉自己是潔白的

慢慢忘掉自己
所以　願意不斷被抽取

6 流行歌

每一世代都有歌
來療癒那個世代

那些或顯或隱的傷口
在KTV一一被喉嚨攤開

風景十首

1

陽光跳格子來尋我
我誤以為是聒噪的蟬鳴
側開鏡頭。微風跳出來宣示
山櫻桃，半紅半綠了

2

我用自行設計的矩陣
困住妳。以為雨後妳的潮濕

就會安安靜靜走入我的鏡頭
盤結成我專屬的風景

按：矩陣的樣子〔　〕，跟攝影機的對焦的小方框近似。

3

一枚正在沉思的蟬殼
背部裂痕裂出慄人的空洞
它是想解碼爬進我的鏡頭嗎
還是想把夏天燃燒後完整交還給我

4

我的鏡頭總是跟著心情
變色。彷彿是霓虹的分身
有一天，我也會被數位化
送入虛實交替的時間隙縫吧

5

終於把鏡頭對準粉白蝶
油菜花田搖曳祖母的身影
無端模糊了在眼睛曠野挺立的
稻草人

6

鏡頭帶著墨香，蘸著往事
行楷般，涉水摺進宣紙
眼神納悶。始終離不開
收筆的，醒了

7

一只花瓶
超現實的紋身

沉默。是她面對鏡頭
傲慢的抗議

8

否認自己是靜物
不提供任何褪色證據
一半標本。逆轉鏡頭
一半翩然。掀動時間之翼

9（街拍）

彷彿某種秩序在街頭
等待我的身軀和靈魂去補足
人們看不到我其實是裸體的
我的每隻口袋都裝滿了寶可夢

10

分享有著咖啡香的麵包店
天橋和流浪漢以默契收容對方
鏡頭裡。燈光已經很久沒有亮起
隔著玻璃。他們依然相信曾被愛過

詩的結構式

起

起手式本屬於劍
被太極之後

整個世界頓時緩慢起來
愛恨　仍在劍尖　猶豫

承

承接滿掌冰雪
流浪　突然變得簡單

街上有人在耳機裡失蹤
也許　被月色融化了

轉

轉身之際　竟忘了
前生修辭練字的秘方

思想是稀疏的矮樹叢
分隔島有斑鳩親暱的影子

合

合十而退
劍的結局總是淒美的

夢想　從來沒有鱗片
側身是為了等待　另一種騷動

春望

1 國破山河在

京城在荒謬情節失守

影子逃向　無法重新再剪輯

山河　依舊默默

刀削了大唐王朝的苦厄

2 城春草木深

春天來得不是時候

到處蔓延的離愁成了另類棘藜

只有草木　荒涼的綠

依舊在許許多多眼睛裡　踏春

林廣_截句

3 感時花濺淚

時局板蕩　淚水回不了家
相思凝成一朵雛菊的蕊（蕊啊）
在曠野悠悠綻放另一則
雷同的　興亡

4 恨別鳥驚心

苦難禁不起　掠空而過
驚鳥的嘶鳴
吞聲的喉頭　老是梗著
吐不出的　恨

5 烽火連三月

戰鼓　頻傳
烽火燃燒著眺望的瞳孔

這是沒有設計過的時空劇場
生死　永遠　等距

6 家書抵萬金

家書　在不知名的遠方
漂泊　必須學習失憶
走散的文字　才會
乖乖　回家

7 白頭搔更短

就算把心事高高懸起
就算愛不只是口頭禪
搔來　搔去
只會讓夢　日益荒廢

8 渾欲不勝簪

都說那木簪　　已管不住

如羽翼　　的髮

那冷澈心肺的雪（雪哪）

怎麼說降　　就臨了

城市邊陲

詩：林廣　短評：葳妮

城市邊陲01

城市的霓虹習慣裸睡
看久了　夢就會失去平衡

蚊帳裡　失眠變得很輕
我把自己輾轉成一首兒歌

短評

　　此詩由外而內，寫不眠城市的失眠一角。「霓虹
習慣裸睡」的反語，對照屋內極想入夢的人，失去平

衡、很輕，連夢都掛不住。難眠的夜，最後由兒歌輕
哄帶進思鄉。

城市邊陲02

渴望有人翻唱我的版本
耳機填補了寂寞的隧道

每一個城市對旅人都像陀螺
在塞住苦悶的歌曲來回愛著

短評

　　沒有歸屬感的心境，疏離又深陷其中。這詩用
「耳機」連結「隧道」（耳朵→寂寞）的空；旅人像
「陀螺」，轉進耳朵裡無依的愛著，只能在歌裡刷刷
存在感。

城市邊陲03

生活是另類籠子
我們沒有翅膀卻活得像鳥

手機的窗格沒收了視野
習慣數位化愛就不算清晰

短評

　　這首的邊陲竟然是生活。「鳥」的意象是困，習慣數位化則是另類的困。手機窗格也是籠子，好多人卻生活在裡邊。「愛」不算清晰，跟困住的鳥一樣，不懂天空的氣味。

城市邊陲04

我並非以收容蚊子維生

卻經常化蚊進出名嘴口中

常常選舉到了　我的肺部
回聲　就特別　空洞

短評

　　這是一首諷刺政治的詩。很多看似有用的建築
物成了「蚊子館」，作者用第一人稱讓「它」自己說
話。奇怪的生物，只活在名嘴裡，選舉時拿來炒作，
喊話卻像蚊子嗡嗡一樣空洞。

城市邊陲05

這裡是徹夜不眠的邊陲
死去的童話　重新復活

小圓桌圍坐　把淚敲出礦

再用笑融化為拿鐵

短評

　　邊陲的小確幸勾勒童話，復活成人的赤子心。台灣超商是不夜城，外頭小圓桌上就是城市咖啡館。「淚敲出礦」是此詩亮點，礦這字隱含人生故事，笑著打開。

城市邊陲06

我們在燈光另一邊看著天空
沒人解說星座與卡通的關聯

整座城市躺在我們的手掌酣睡
連結寂寞的眼睛只剩火在喧嘩

短評

　　詩眼只用一個「光」字顯亮。從後二句反推，城市在「手掌酣睡」、「寂寞的眼」與「火在喧嘩」，可知夜裡滑手機到發燙了，有機的邊境臥遊，好多寂寞的反光。

城市邊陲07

想在酒瓶裡，好好安置鄉愁
偏偏公寓狹窄，開不出風信子

每個夏夜。家鄉老是童言童語
爬出瓶子。跟我一起演相聲

短評

　　鄉愁總有永遠的詩意。這裡的邊陲單用一個「酒

瓶」意象串全詩愁緒。「開不出風信子」說異地生根
的徒勞。後段結尾營造一個場景：爬出瓶子演相聲，
寫活了獨酌的苦悶。

城市邊陲08

在夏夜，我的夢
必須用冷氣機的嘶鳴，斷句

分行，就得仰賴
長長竹竿從故鄉伸過來接續

短評

　　城市角落的夏夜是長長思鄉的夜。「冷氣機嘶
鳴」溫度與聲音的孤寒，「長長的竹竿」是故鄉延
伸的意象；晾衣服的場景，有如渴望慈母手「伸過
來」，將夢寫成一首詩。

城市邊陲09

城市的明　　暗
向來是被忽略的相對論

流行　　不斷捲動棉花糖
霧霾我們易於屈服的眼睛

短評

　　唸此詩時，空格延宕聚焦了城市的相對面。「明
　暗」的聲音，由平長而窄仄，點出被忽略的意義。
「流行」，捲動「棉花糖」的甜蜜，「霧霾」轉品，
散布對慾望的渴求。

城市邊陲10

不知何時

謊言已經變成顆粒狀

可以任意拼湊　也
可以當作彈珠　彈

短評

　　整首語調冷靜。把謊言當拼圖與彈珠，具有諧
趣。現今社會，人們經常有意無意就玩起這種遊戲。
詩人，面對說謊現象，只能冷眼看遊戲持續進行。這
也是一種悲哀。

城市邊陲11

紅領帶　很俗
步伐　一成不變

馬路　一直反光

一生就　這樣馬馬虎虎過了

短評

　　從這首詩可見詩到人善用單一的意象。「紅領帶」俗而能耐，「步伐」指向一成不變，馬路「反光」則暗示日子的顛簸。卑微的人物城市裡的日常，在每一行遊「走」賴活。

城市邊陲12

一根火柴劃亮虛無國度
有人向我討取臉　影印存檔

隱私偷渡到陌生港口
海鷗正好撞碎了高亢的汽笛

短評

　　12組詩結尾在一個隱晦港口，畫亮的柴火許是詩人點的微薄希望。城市中，我們心的邊陲總有不會斷的「隱私偷渡」，為現實低頭。這支筆可以是海鷗的聲音。

林廣截句

截自原詩的另一道閃光

攝影：張文菁

鳥和魚

縮小的河道與灰暗的天空
其實沒有多大差別

河鳥的眼睛卻一直游著魚的尾鰭
魚的尾鰭也一直拍著河鳥的翅膀

＊截自〈一隻水鳥〉末段：

昨日她以渴望凝視魚的尾鰭
魚也以同樣的渴望凝視她的翅膀
縮小的河道與灰暗的天空
其實也沒有什麼差別
現在，她只想擺一個姿勢

一個堅定的眼神
跟自己的前世、來生
——道別

擺渡

擺渡水光山色
擺渡逃難的哭聲

把自己擺渡。一柄渴望的槳楫
勇敢划開時光細密的摺痕

＊截自〈時光命題〉

時光命題

我只是平凡的舟子
擺渡旅人
擺渡水光山色

擺渡逃難的哭聲
擺渡青燈黃卷裡明暗的身影

而時光，時光恆面無表情
站在船頭
以無聲嗚咽打亂雲影
以細細雲影皺出嗚咽
無縫疊合天與地

這樣深奧的命題豈是一介小舟
所能載動？我開始重新排列
組合江流的小小光點
把自己擺渡。一柄渴望的槳楫
勇敢划開時光細密的摺痕

失眠三曲

1 溫習歲月

他習慣在暗黑裡
讓失眠一直亮著
這樣他就可以畫一條長河
藉著層層波紋溫習歲月的面貌

2 釣線

失眠世界
所有的音符都是隱形的

他用逗、句乃至刪節組合一條釣線
輕易甩出天與地的分割線

3 羊群

蒼蒼蘆花沿路吃掉了所有問號與驚嘆
他夢見失聯的羊群都聚集在寂靜河岸
守候著。他的一筆一畫
假裝時間在歸程中不必存在

＊截自〈失眠〉

失眠

他習慣在暗黑裡
讓失眠一直亮著
這樣他就可以畫一條長河
在層層波紋溫習過往歲月的面貌

所有的音符都是隱形的
蜉蝣。在耳朵裡進進出出
他用逗、句乃至刪節組合
一條釣線。輕易甩出
天與地透明的分割線
但他明白飄盪在河上的不是月光

月光沒有邊界
只是永遠不會覆蓋他的眼眸
失眠像蠶啃嚙著黑暗
對鏡時，他驚覺問號與驚嘆已全部失蹤
他的羊群都聚集在寂靜的河岸
守候著。他的一筆一畫

黎明被遺忘之後
飛翔的線條很容易再度鑽入
他失聯的髮絲
假裝時間在歸程中不必存在

水母二曲

曲一

天生沒有脊椎、心臟、血液
要怎樣挺出堅強的形象？
只能用小囊包平衡未知的去向
假裝傘狀體正帶領我，飛翔

曲二

水族箱。透明的水很容易
讓我想起　消失的大海

透明的骨骼很容易
讓人看穿我虛無的靈魂

＊截自〈水母〉

水母

天生沒有脊椎
要怎樣挺出堅強的形象？
沒有心臟、血液
只依賴簡單的感應存活

很少人知道
其實我是不善游泳的
千萬別被我優雅的動作瞞騙
我的傘狀體無法帶領我飛翔
我只能用小囊包來平衡
未知的去向

還好漂浮在魚缸裡

透明的水很容易

讓我想起　消失的大海

透明的骨骼很容易

讓來來去去的人　看到

我虛無的靈魂

只是在狹窄空間生活久了

遲鈍的感官　再也無法

準確預報

海洋風暴的來臨

流言

影子的體溫被鞋印踩熄
耳語窸窸窣窣的
不同的我被掛成一串一串風鈴
在某個轉角反射我急欲掩蓋的張皇

＊截自〈轉角〉

轉角

那些窸窸窣窣的耳語
終究被我的鞋印踩成影子
那是在時間破碎之後
在某個轉角

我忽略了度量城市的體溫
以為冷是眉間刮下的皮屑
沒有掌紋牽引
一定找不到歸宿
便利商店的關東煮卻以無語
沸騰了我急欲掩蓋的張皇

原來記憶始終是透明的
薄膜。輕易遮住了井的仰望
即使磨去一層層青苔
你還會聽見碗公花在晨曦
恣意爬行的身影嗎
如今我已習慣用匆忙踩熄城市的冷

也許引來忘川的水
你就會在時間碎片反射的光
看見不同的我被掛成一串一串風鈴
在某個透明的轉角

語言文學類　截句詩系23　PG2148

林廣截句

作　　者／林　廣
責任編輯／鄭夏華
圖文排版／周妤靜
封面原創設計／許水富
封面設計／蔡瑋筠

發 行 人／宋政坤
法律顧問／毛國樑　律師
出版發行／秀威資訊科技股份有限公司
　　　　　114台北市內湖區瑞光路76巷65號1樓
　　　　　電話：+886-2-2796-3638　傳真：+886-2-2796-1377
　　　　　http://www.showwe.com.tw
劃撥帳號／19563868　戶名：秀威資訊科技股份有限公司
　　　　　讀者服務信箱：service@showwe.com.tw
展售門市／國家書店（松江門市）
　　　　　104台北市中山區松江路209號1樓
　　　　　電話：+886-2-2518-0207　傳真：+886-2-2518-0778
網路訂購／秀威網路書店：https://store.showwe.tw
　　　　　國家網路書店：https://www.govbooks.com.tw

2018年10月　BOD一版
定價：320元
版權所有　翻印必究
本書如有缺頁、破損或裝訂錯誤，請寄回更換

Copyright©2018 by Showwe Information Co., Ltd.
Printed in Taiwan
All Rights Reserved

國家圖書館出版品預行編目

林廣截句 / 林廣著. -- 一版. -- 臺北市：秀威
資訊科技, 2018.10
　　面；　公分. -- (語言文學類)(截句詩系；
23)
　　BOD版
　　ISBN 978-986-326-611-2(平裝)

863.51　　　　　　　　　　　107016582

讀者回函卡

感謝您購買本書，為提升服務品質，請填妥以下資料，將讀者回函卡直接寄回或傳真本公司，收到您的寶貴意見後，我們會收藏記錄及檢討，謝謝！
如您需要了解本公司最新出版書目、購書優惠或企劃活動，歡迎您上網查詢或下載相關資料：http:// www.showwe.com.tw

您購買的書名：_____

出生日期：_____年_____月_____日

學歷：□高中 (含) 以下　　□大專　　□研究所 (含) 以上

職業：□製造業　□金融業　□資訊業　□軍警　□傳播業　□自由業
　　　□服務業　□公務員　□教職　　□學生　□家管　□其它_____

購書地點：□網路書店　□實體書店　□書展　□郵購　□贈閱　□其他

您從何得知本書的消息？

　　□網路書店　□實體書店　□網路搜尋　□電子報　□書訊　□雜誌
　　□傳播媒體　□親友推薦　□網站推薦　□部落格　□其他_____

您對本書的評價：(請填代號　1.非常滿意　2.滿意　3.尚可　4.再改進)

　　封面設計____　版面編排____　內容____　文／譯筆____　價格____

讀完書後您覺得：

　　□很有收穫　□有收穫　□收穫不多　□沒收穫

對我們的建議：_____

_____

_____

_____

請貼
郵票

11466
台北市內湖區瑞光路 76 巷 65 號 1 樓

秀威資訊科技股份有限公司　　　收

BOD 數位出版事業部

....

（請沿線對折寄回，謝謝！）

姓　　名：＿＿＿＿＿＿＿＿＿　年齡：＿＿＿＿　性別：□女　□男

郵遞區號：□□□□□

地　　址：＿＿＿＿＿＿＿＿＿＿＿＿＿＿＿＿＿＿＿＿

聯絡電話：(日) ＿＿＿＿＿＿＿＿＿＿　(夜) ＿＿＿＿＿＿＿＿＿＿

E-mail：＿＿＿＿＿＿＿＿＿＿＿＿＿＿＿＿＿＿＿＿